CHARLES GODDE

FILLES ET GARÇONS

ANNECY
TYP. DÉPOLLIER ET Cⁱᵉ
1878

FILLES & GARÇONS

CHARLES GODDE

FILLES ET GARÇONS

ANNECY

TYP. DÉPOLLIER ET Cie

1877

GENTIL PINSON

L'hiver a passé, le buisson
A repris sa feuille nouvelle,
Un ami près de lui t'appelle,
Réponds à sa voix, ouvre l'aile,
Et vole à lui, gentil pinson.

Près de toi, son âme ravie
Oubliera chagrin et soupçon,
Cherchant le ciel perdu, la vie !
Ah ! tourne vers lui, je t'en prie,
Ton aile, mon gentil pinson.

Les bois sont verts, et sa pensée
Appelle en vain sous la ramée
Un doux écho de la chanson
Rêveuse de la bien-aimée,
Écoute-la, gentil pinson.

Puis, gagnant le discret feuillage
Où tu rediras ta leçon,

Cher oiseau, de ton gai langage
A l'absent portant le courage,
Tu chanteras, gentil pinson.

L'hiver a passé, le buisson
A repris sa feuille nouvelle,
Un ami près de lui t'appelle,
Réponds à sa voix, ouvre l'aile,
Et vole à lui, gentil pinson.

NOUS SOMMES SEPT

Imité de Wordsworth

———

Je me promenais, l'autre jour,
Aux abords d'un pauvre village
Du pays breton, au détour
Du sentier qui mène au rivage,
Je me trouvai près de l'enclos
Où, de son vieux mur, toute grise,
La bien simple et modeste église
Protège le champ du repos

Une cabane recouverte
De chaume était tout à côté,
Les grands feuillages de l'été
L'entouraient de leur robe verte,
Emmêlant les rejets confus,
Vrai nid d'oiseau. Fraîche et gentille,
Une toute petite fille,
Avec des cheveux blonds touffus,

Sur le seuil se tenait assise,
A l'ombre, bouton égaré
Dans les jasmins, l'air effaré,
Mais proprette, pauvrement mise
D'un petit surtout chiffonné.
Son grand œil, couleur de turquoise,
Qu'elle avait baissé, la sournoise,
Me surveillait très-étonné.

Elle me parut si mignonne,
Avec sa mine de lutin,
Et le gros bouquet d'anémone
Qu'elle tourmentait dans sa main,
Que je m'écartai du chemin,
Pour aller causer avec elle :
— Quel âge as-tu, ma toute belle ?
— Six ans, monsieur, le mois prochain.

— Six ans ? Voyez la grande fille !
Et, dis-moi, ma gentille enfant,
Es-tu seule de ta famille ?
— Non pas, monsieur, en me comptant,
Nous sommes sept en tout. — Pourtant,
Je te vois seule, où sont les autres ?
Sont-ils grands ? — Monsieur, deux des nôtres
Sont sur la mer, auparavant

Deux étaient partis pour la ville
Avec papa, Michel et Jean,
Ici, c'était trop difficile,
De gagner ce qu'il faut d'argent,
Et déjà, depuis plus d'un an,
Deux se sont cachés sous la terre,
Une sœur et un petit frère,
Moi je les garde avec maman.

— Tout beau ! N'es-tu pas un peu prompte ?
Deux, me dis-tu, sont sur la mer,
Deux à la ville, si je compte,
Cela fait quatre pour t'aimer,
Je n'en trouve pas davantage ;
Vous serez cinq, en ajoutant
Ton joli minois ; mais l'enfant :
— Si ! nous sommes sept au ménage ;
Avec les deux cachés là-bas,
Pourquoi donc ne voulez-vous pas ?
Pourtant leur chambre est toute verte
Et, d'ici, vous pouvez bien voir
La petite croix de bois noir.
C'est là qu'ils sont, Jeannot et Berthe,
Et de notre fenêtre ouverte
Nous les embrassons chaque soir.

Maman, qui veut que je sois sage,
Me fait travailler auprès d'eux ;
Moi, pour les rendre très-heureux,
Je leur montre la grande image
Dont le curé m'a fait cadeau,
Voulez-vous la voir? C'est très-beau.
Pour les amuser, je leur chante
Ma chanson, j'en sais plus de trente.

C'est Berthe, ma petite sœur,
Qui nous a quittés la première,
On l'a couchée au cimetière
Au pied de ce bel arbre en fleur.
Le bon Dieu est venu la prendre,
Parce qu'elle souffrait partout,
Mais il promet de nous la rendre,
Elle n'a plus de mal du tout.

Tant qu'il fit beau, près de la crêche,
Jeannot et moi, sur l'herbe sèche,
Tous les jours nous avons dansé ;
Mais quand le temps s'est avancé
Et que la saison fut moins belle,
Comme il ne pouvait plus courir,

Petit Jean a voulu mourir,
Pour aller jouer avec elle.

Ils sont bien contents tous les deux,
Moi je voudrais faire comme eux,
Mais ma chère maman Céleste
Serait seule, il faut que je reste.
Quand papa sera de retour,
Avec mes frères, de la ville,
Alors, elle sera tranquille,
Je pourrai mourir à mon tour.

— Que dis-tu là, chère petite !
Les mamans, quand l'enfant les quitte,
Ont trop de chagrin, et sans toi,
Qui donc l'aimera ? dis-le moi.
Il faut toujours être avec elle,
L'aimer de tout ton cœur toujours,
Et, pour récompenser ton zèle,
Dieu lui donnera de longs jours.

Voyons un peu, cherchons, ma fille :
Deux à la mer, deux à la ville,
Cela fait quatre, en bien comptant,
Avec toi, cinq, et juste autant.

Les deux qui sont au cimetière
Ne sont plus avec vous ; — Mais si !
Matin et soir à la prière,
Ils sont avec nous, Dieu merci !

— Ils sont au ciel, avec les anges,
Dieu près de lui les appela ;
Toi tu cours, tu parles, tu manges,
Eux ne font plus rien de cela.
Mais l'enfant était décidée
A ne pas perdre son idée,
Et répondit : ça ne fait rien,
Nous sommes sept, je le sais bien.

LES AGES

Sous le ciel radieux la nature est en fête ;
   Le pré de fleurs s'est émaillé,
   L'abeille, active dans sa quête,
Se charge de butin, l'oiseau, frais éveillé,
Secouant au matin sa plume frémissante,
   Du printemps chante le retour ;
   Un beau papillon fait sa cour
   A la fleurette rougissante
   Qui s'incline au bord du sentier ;
Du muguet, dans les bois, aux jardins, du rosier
   S'épand la senteur pénétrante ;
   Sur notre terre renaissante,
   Tout est jeune, tout est nouveau.
   Un bel enfant, de ce tableau
   Complète la couleur charmante ;
   Quoi de plus frais, quoi de plus beau
   Que cette jeunesse vivante !

Par le temps qui passe, agité,
Déjà le gai tableau s'efface,
A l'été le printemps fait place,
L'enfance à la virilité.
Sur les pas de la moissonneuse
Voyez l'économe glaneuse
Chercher l'épi tombé, l'obole du Seigneur,
Des raisins les grappes vermeilles
Vont s'entassant dans les corbeilles
Au chant joyeux du vendangeur.

Au revers poudreux de la route
Un voyageur s'arrête, il respire, il écoute
Les mille bruits confus d'un beau jour qui s'éteint ;
Jetant son regard en arrière,
Il a mesuré la carrière,
Revu tous les détours où son pas s'est empreint,
Sans que les feux du jour aient lassé sa constance,
Puis il suppute la distance
Qu'il lui reste à franchir demain.
Depuis qu'il s'est mis en chemin,

Du parcours de son long voyage
Il a fait plus que la moitié ;
Bien souvent l'implacable orage
A fondu sur lui sans pitié ;
Mais sa force et son cœur sont tous deux grands encore ;
Sitôt que la nouvelle aurore
Te saluera de son retour,
Qu'à de nouveaux efforts ton courage s'apprête,
Homme debout ! jamais, jamais on ne s'arrête,
Prends ton bâton, voici le jour !

Pour la seconde fois l'ombre s'est abaissée,
Du couchant qui pâlit effaçant les couleurs ;
La grisâtre vapeur, par la bise chassée,
De la froide saison présage les rigueurs.
Comme tout a changé ! Plus de bluets dans l'herbe,
Sur les prés plus de fleurs, dans les champs plus de gerbe,
Aux arbres plus de fruits suspendus ; les troupeaux
Quittant avec regret les coteaux sans verdure,
Demeurent confinés aux granges des hameaux ;
Comme le voyageur a marché la nature.

Sous son labeur courbé, mais toujours avançant,
Lui, s'en va lentement par la route fangeuse ;
Ses pieds, tout déchirés à la ronce épineuse,
Semblent se dérober à son pas chancelant.
Ce n'est plus l'homme jeune, à la forme robuste,
Pour qui ne comptaient pas les obstacles franchis,
C'est le vieillard tremblant, sous l'auréole auguste
        De ses cheveux blanchis.
Mais, comme il ne faut pas que le Vieux désespère,
Guidant ses derniers pas, un homme le soutient,
Puis, un bel enfant blond, qui l'appelle grand-père,
Court joyeux devant lui, le pousse, le retient ;
Lui, sourit doucement à l'innocent manège,
Et si le vent glacé redouble son effort,
Des plis de son manteau chaudement le protège ;
        L'enfant s'y cache et rit plus fort.
Qu'il voudrait, ce vieillard, pouvoir compter sans nombre
Les heures qu'il vivrait pour aimer cet enfant,
Et pour que le vieux tronc put longtemps de son ombre
        Couvrir le rejeton naissant !
Ainsi, dans la forêt, la feuille jaunissante
S'attache obstinément au rameau desséché,
C'est qu'elle réchauffait sous sa robe mourante
        Un tout jeune bourgeon caché.

Laisse aller ton âme immortelle
A son immortel avenir,
Puisqu'ici-bas tout doit finir,
Afin que tout se renouvelle.
Dieu met sa bonté même en sa sévérité.
Pour t'enseigner la vérité,
Sa main près de tes yeux a placé le modèle,
La terre, tous les ans, vit et meurt devant toi,
Pour t'apprendre à faire comme elle.
Soumise à l'œuvre grand d'espérance et de foi,
La mère, pleine de prudence,
De tout ce qui par elle un jour prendra naissance,
Assemble la semence avant que de partir,
L'exemple est là pour t'avertir,
Puis, forte devant Dieu, quand, pour sa mort fertile,
La sublime ouvrière a bien tout apprêté,
Au tombeau de l'hiver elle descend tranquille,
Sûre de sa maternité.

PRO PATRIA

Qu'elle était belle la fillette !
Elle avait tout au plus seize ans,
Pied tout mignon, taille fluette,
Les beaux cheveux blonds des enfants.

Moins vermeille était la cerise
Que sa lèvre de pur corail,
La blanche amande semblait grise
A côté de ses dents d'émail.

Si rose était sa pleine joue,
Que la goutte d'eau, qui se joue,
Le matin, aux franges des fleurs,
S'abandonnant aux brises folles,
Eût voulu quitter leurs corolles,
Pour baiser ses fraîches couleurs.

Et ses grands yeux, d'azur si tendre,
Qu'ils étaient bons, qu'ils étaient doux !

Et sa voix! vrai, rien qu'à l'entendre,
On se fût mis à deux genoux,

Quand, auprès de sa mère assise,
Elle priait dans le saint lieu,
Et que, le dimanche, à l'église,
Elle chantait son hymne à Dieu.

Là-bas, on l'appelait Marie;
Est-il un seul nom, je vous prie,
Qui soit plus pur et plus charmant?
Ce nom, touchant comme une plainte,
C'est celui de la vierge sainte,
Celui que bégaie l'enfant.

Il va sans dire qu'au village,
De l'aimer tous étaient heureux,
Mais la fillette était trop sage
Pour avoir plus d'un amoureux.

Celui qu'avait choisi son père,
Un loyal et brave garçon,
Au corps robuste, à l'âme fière,
Tout prêt à mourir sans façon,

Pour son Dieu, pour elle ou la France!
Sous le rayon de l'espérance,

Ils allaient, la main dans la main,
Charmés, comme on l'est à leur âge,
Lorsque le ciel est sans nuage
Et promet un beau lendemain.

Qu'elle est superbe la jeunesse,
Sans chagrin, sans doute et sans peur,
Jetant le long cri d'allégresse
De l'amour qu'elle a dans le cœur !

Ne semble-t-il pas que la vie
Pour elle ne doit pas finir,
Tant l'heure présente est jolie,
Tant est souriant l'avenir !

Hélas ! le bonheur n'est qu'un rêve,
Qui, dès avant qu'il ne s'achève,
Nous échappe à jamais perdu ;
Le ciel trop bleu, sur notre tête
Tient bien souvent de la tempête
Le noir nuage suspendu.

II

Entendez-vous là-bas ces grondements étranges
Au loin répercutés par l'écho des vallons ?
Pourquoi ces cris de mort ? Où courent ces phalanges ?
Ces chevaux écumants qui traînent les canons ?
Tous les hommes debout ! Aux armes ! c'est la guerre !
Le sang des vieux Gaulois dans sa veine a frémi,
Et les fronts des vaillants ont pâli de colère,
Au bruit du sol natal foulé par l'ennemi.

Yvon était breton, le pays des fidèles,
Des forts et des croyants, où le chanvre et le lin,
Tordus sous les doigts blancs des gentes damoiselles,
Payèrent la rançon de Bertrand Duguesclin.
Il fut prêt des premiers ; il aimait tant Marie,
Que son cœur se brisait à l'heure du départ,
Mais dès que le danger menaçait la patrie,
Yvon n'hésitait pas, il en voulait sa part.

⋆
⋆ ⋆

Ombre du grand guerrier, qui jadis fit la France
Si haute en ses destins, qu'on n'eût pu mesurer
La limite à laquelle atteignait sa puissance,
Ton cœur en ton cercueil a dû se dévorer !
Pour chasser l'Allemand, il eut fallu l'épée
Qui savait nous guider au milieu des combats,
Et, pour recommencer l'homérique épopée,
Le pays t'eût rendu tes immortels soldats.
L'impassible granit ensevelit ta gloire,
Morte avec le héros, et du même trépas,
Pour la conduire encore aux champs de la victoire,
La France t'appelait, hélas ! tu ne vins pas.

Oui, les arrêts de Dieu semblent parfois sévères,
Lui, l'infiniment bon, pourquoi des malheureux
Paraît-il refuser d'entendre les prières,
Et pourquoi, pouvant tout, reste-t-il rigoureux ?
Ah ! n'interrogeons pas l'insondable mystère,
Notre œil est trop petit pour son immensité ;
Le plus frappé, sans doute, est celui qu'il préfère,
Et sa grâce est peut-être en sa sévérité.

III

A l'ombre de la pauvre église
Qu'il entoure de son enclos,
S'étend sous la muraille grise,
Le modeste champ du repos.

C'est là qu'en la terre bénie,
Sous l'œil de Dieu, sans appareil,
Vont, après la tâche finie,
Dormir de l'éternel sommeil,

Ceux qui, satisfaits du partage,
Sont nés sur le même héritage,
Ont vécu de la même loi,
Honneur de la simple chaumière ;
Et, quand sonna l'heure dernière,
Ont confessé la même foi.

Voyez-vous la nouvelle tombe,
Que couvre un buisson d'églantier ?
Là, chaque fois que le jour tombe,
La jeune vierge vient prier,

Pour celui qu'un divin modèle,
A fait comme lui, juste et fort,

Et que son cœur, resté fidèle,
Jure d'aimer jusqu'à la mort.

Ce fut son ardente demande,
Lorsque sous la balle allemande,
Il tomba : de mourir près d'eux,
Permettez, Seigneur ! que j'espère,
Que ce soit la main de ma mère
Qui puisse me fermer les yeux !

Quand ils allaient à la bataille,
Leur genou d'abord se pliait,
Et sous l'éclat de la mitraille,
Avant de se battre, on priait.

Le prêtre exauça l'agonie
Du pauvre Yvon qu'il exhorta,
Quand la campagne fut finie,
Ce fut lui qui le rapporta.

Près du rustique mausolée,
Lorsque la chère désolée
Vient, le soir, se mettre à genoux,
Répondant aux pleurs de l'amante,
Sous la feuille un rossignol chante,
Modulant ses tons les plus doux.

Trois ans se sont passés, la jeune fille est morte,
Elle n'a pu porter le poids de son ennui;
Son âme pour souffrir n'était pas assez forte,
Dieu, l'ayant en pitié, la rappela vers lui.

> Près de son cher Yvon placée,
> Elle dort en son blanc linceul,
> Et les fleurs de la fiancée
> Parent son front dans le cercueil.

Si vous interrogez les gens de la campagne,
Ils vous diront qu'au jour où l'enfant expirait,
Le gentil rossignol avait une compagne,
Et que si beaux étaient les chants qu'il soupirait,
Qu'on ne se lassait pas d'écouter son ramage.
Vers la nuit, le bosquet devint silencieux,
Quand tinta l'Angelus au clocher du village,
On vit les deux oiseaux s'envoler vers les cieux.

NORMANDIE

Dieppe, 21 juin 18...

Tu demandes quel feu me dévore en ce jour ?
Il fait bien froid ici pour songer à l'amour.
Pour Cupidon transi Neptune a peu de place,
Le vent le fait pleurer et la bise le glace.
Les doigts tout engourdis du dieu... trop peu couvert
Auraient besoin, je crois, de gants de tricot vert,
Et son arc détendu, dans ses mains incertaines,
Ne promet rien de plus que des menaces vaines.
Il peut bien décocher, hélas ! ses traits fourbus
S'émousseraient aux flancs des vieux tritons barbus.
Je ne soupçonne pas ce que j'aurai pu faire
Pour mériter du ciel ce traitement sévère ;
Mais, depuis quelques jours, en ce pays normand,
Il fait, en plein été, un froid de Groënland.
Le vent y coupe en deux. Sur la plage déserte
Rien, en fait de beautés, que la pêcheuse alerte,

Étalant sur le pré ses filets racornis,
Lavés en un bain doux, qui du sel les décrasse;
Sans ennui, cependant, pour moi le temps se passe;
Je fais un peu de tout et je pense aux amis.
Je bois, je mange, dors, et je prends patience,
Attendant le retour du beau temps; la clémence
Du ciel, en ces climats, jouit d'un juste renom,
Alors tout devient beau, tout nous y paraît bon.
Les prés y sont plus verts qu'en aucun lieu du monde,
L'arbre est plus vigoureux, la sève plus féconde,
L'air pur que l'on y boit dilate les poumons,
On se sent vivre fort. Errant par les vallons,
Si mon pas me conduit vers un grand pâturage,
Je me sens envahi par l'amour... du laitage,
J'en consomme des flots que l'on me va chercher
Dans les prés odorants où la génisse brune
Paît le jour, et la nuit, au doux clair de la lune,
S'endort en ruminant sans souci du berger.
Ou bien, pour m'isoler, le soir, plus à mon aise,
Si je cherche un asile au flanc de la falaise,
Le paysage exquis fait place au grand tableau,
Qui, plus je le revois, plus me semble nouveau.
Car, c'est le soir surtout, quand vient la rêverie,
Au solennel moment où l'homme enfin s'oublie,

Pour diriger en haut son regard plus profond ;
Sur l'espace infini quand la nuit vaporeuse
Abaisse par degrés son ombre lumineuse,
Que tant de majesté m'absorbe et me confond.
Tout un chaos brûlant bouillonne dans ma tête,
Folles gaîtés, douleurs, et le deuil et la fête,
Clartés du Dieu vivant, ténèbres du tombeau,
Agitent tour à tour mon mobile cerveau.
J'entends le cri strident de la mauve sauvage,
La corneille glapit aux rochers du rivage,
Sans cesse tournoyant, et son cri de malheur
Trouve un plaintif écho dans le fond de mon cœur.
Le sourd chuchotement, qui partout se promène,
Aux ombres du passé malgré moi me ramène ;
Mon regard éperdu sonde l'immensité,
De ceux qui ne sont plus j'y sens errer les âmes,
Le flot phosphorescent s'anime de leurs flammes,
Ciel si pur ! Ah j'ai peur de ta sérénité !

J'aperçois le flot bleu qui caresse la grève,
Phœbus gagnant sa couche, et Phœbé qui se lève.
Ces deux astres joufflus, au teint vermeil et frais,
Se poursuivant ainsi, sans se joindre jamais,

Me paraissent plaisants, tout comme en la complainte,
Où la femme, fuyant et se lançant à l'eau,
Du galant qui suivait, sans écouter la plainte,
Fit trois fois, en nageant, le tour de Bornéo.
Point ne m'étonnerais que la coureuse austère,
De huit petits lunons à la fin ne fût mère.
J'admire, en souriant, cet ordre régulier.
Si jamais, devant moi, jeunesse brune ou blonde,
Marchait en laissant voir une forme aussi... ronde,
Je n'imiterais pas le calme singulier
A ce bel indolent, et crois que, pour mon compte,
J'aurais à l'attraper la démarche plus prompte;
Je voudrais, tout au moins une fois, chaque jour,
Lui voler en passant un long baiser d'amour.
Mais les choses d'en haut sont pour nous tout mystère,
Et Phœbus a, ma foi, bien autre chose à faire
Que s'arrêter ainsi, le soir, au coin des bois,
A tenter la vertu d'une belle aux abois.
Que deviendrait alors l'autre moitié du monde ?
Il ferait bon vraiment que chacun s'y morfonde,
En soufflant dans ses doigts, tandis que son flambeau
S'offrirait galamment les fleurs du renouveau.
Pas de bêtise au moins ! Notre espèce transie
Sent son nez qui blémit à cette fantaisie,

Et songe, en frissonnant, au triste sort du'rôt,
Si la bonne oubliait de tourner le gigot.
Pendant que, d'un côté, roussirait la surface,
L'autre se durcirait et tournerait à glace.

Je vois le grand vaisseau, partant pour Albion,
Ouvrir au vent des mers ses ailes d'alcyon.
Tout autour du géant, que la vague balance,
Un troupeau de petits moutons blancs saute et danse;
La lune, qui pâlit les lointains horizons,
Nacre de son argent la neige des toisons ;
L'œil séduit, se plaisant à cette fantaisie,
Suit de leurs bonds légers l'innocente folie.
Sautez petits moutons, agneaux qui serez loups,
Quand les vents hurleront de concert avec vous ;
Quand la puissante main, qui gouverne les mondes,
Soudant en un seul bloc vos troupes vagabondes,
Vous lancera maudits contre les rocs en pleurs,
Sourds aux cris des mourants, sourds aux mains suppliantes,
Écrasant sans merci les barques pantelantes
Qui vers les bords aimés ramenaient les pêcheurs ;
L'homme fort, au retour des lointaines contrées,
Apportant aux enfants le fruit de vingt années

D'exil et de labeur, et l'amant généreux,
Qui soumettant son cœur aux devoirs rigoureux,
Fidèle à son pays, à son amour fidèle,
Venait mettre à ses pieds le grade acquis pour elle ;
La mère qui venait embrasser son enfant,
L'enfant qui revenait pour embrasser sa mère ;
Le bon et le méchant, et fortune et misère !
Que vous importe à vous, n'êtes-vous pas néant ?
Et savez-vous pourquoi la main qui vous arrête
A vos fureurs d'esclave ordonne la tempête ?
Vous redeviendrez doux, impassibles témoins,
Roulant dans vos limons de quelque homme de moins
Les restes qu'en jouant vous jetez au rivage,
Ne l'attendent-ils pas ? Ah ! vous êtes l'image
De ce je ne sais quoi, fascinant, redouté,
Qui dans le cœur humain a nom Fatalité !

Mais où va s'égarer ma lugubre pensée ?
Du calme, s'il vous plaît, ma folle du logis ;
Rendez-moi les pipeaux de l'heureux Tytirée,
Et, mollement couché *sub tegmine fagi*,
Laissez-moi, je vous prie, à l'extase béate ;
Je ne suis pas venu pour pleurer, et me hâte,

Du noir que j'ai broyé secouant mon pinceau,
De revenir plus sage à mon riant tableau.

D'ailleurs, j'ai près de moi quelqu'un qui m'y convie,
Tu sais comme je l'aime et comme elle est jolie !
Après les mois d'hiver, lasse de sa beauté,
Elle aspire à reprendre un peu de liberté.
Amante, comme moi, de la belle nature,
Elle partage ici ma villégiature,
Avec moi contemplant et la mer et les cieux
Dont ses grands yeux d'azur réflètent la lumière
Si pure, qu'on dirait que l'enfant de la terre,
Pour les mieux distiller, a dérobé leurs feux.
Comme tous les bébés, elle est un peu rêveuse,
Elle a même parfois l'humeur assez rageuse
De ceux que la nature a beaucoup trop gâtés.
Mais, sur un tout charmant quelques défauts jetés
Font encor mieux sortir la splendeur de l'ensemble,
Et puis c'est assez bon d'être fâchés ensemble,
Pas beaucoup !... mais un peu... Pourquoi, cher ami ?... Mais,
On s'est battu le jour, le soir on fait la paix.
Lorsque je suis parti pour mon humeur chagrine,
Il n'est pas de bonté que son cœur n'imagine

Pour me charmer; ses doigts, caressant mes cheveux,
Rafraîchissent mon front de leur toucher soyeux.
Contre un de ses baisers pas de douleur qui tienne !
Des notes de sa voix la harpe éolienne
Chante, l'orage a fui, je ne vois plus encor
Que l'ange qui sourit, dans le nuage d'or
De ses beaux cheveux blonds dénoués autour d'elle,
Tissu doux et léger, parfum, grâce immortelle,
Trésors qu'un Dieu d'amour sur elle a répandus
De sa prodigue main !... On parle de Vénus,
Eh bien! je doute fort que la belle déesse
A vingt ans surpassât mon trésor en richesse.
Qui peut poser sa tête en si blanc oreiller,
Entre en songe si doux, qu'il ne veut s'éveiller ;
J'abandonne la terre et bercé dans l'espace ,
De contempler mon bien jamais je ne me lasse.
Enfin, de tant d'éclat troublé, mon œil vaincu
Se ferme lentement, je m'endors..., j'ai vécu !

A. B. C. D.

A LA RÉPUBLIQUE DES LETTRES

———

Abaissez jusqu'à moi votre regard aimable,
Cédez à mon désir, soyez-moi favorable,
Et effacez d'un mot mon plus cruel souci.
J'ai grand peur de ne pas être pris à merci.
Quel gâchis git, hélas! au fond de l'amusette
Qu'à vos pieds vient remettre une muse follette,
Elle aime à bavarder, c'est son moindre défaut.
Et n'y voit pas toujours justement comme il faut.
Oh! payez de bonté l'entreprise hardie
Qu'eut son maître à vous faire ici la comédie
Et restez indulgente envers et contre tout.
Hue! mon pauvre dada, courage jusqu'au bout!
Vétéran du devoir accomplis ta carrière.
Ixion, non, Sisyphe enlevait bien sa pierre,
L'autre était un ancien roué du pays grec;
Mais sans aide tous deux, évite leur échec.

LA SAINT-HUBERT AU COIN DU FEU

Paroles de fanfare, sur l'air : DU BON ROI DAGOBERT

Tandis que vous cueilliez,
Fiers veneurs, de nobles lauriers,
A travers bois et champs,
Moi je n'ai pas perdu mon temps.
Dans un gentil bois
J'ai chassé chez moi,
Et j'ai pour butin
Un petit lapin ;
J'ai fêté Saint-Hubert,
Sur l'air du bon roi Dagobert

Toujours donner la mort,
C'est vraiment trop, vous avez tort ;
Moi, le plus que j'ai pu,
Ce que j'ai pris je l'ai rendu.
Rentrant au dortoir,
J'ai trouvé ce soir
Un feu pétillant,
Un dodo bien blanc ;

Au Créateur benin
Offrons notre petit lapin !

On dit que ce gibier
Se recèle au fond du terrier,
Et que plus d'un luron
De le manquer subit l'affront.
Moi, je n'en crois rien,
Quand j'ajuste bien,
Qu'il soit blanc ou gris,
Au gîte surpris,
J'ai le joyeux destin
De ne pas rater mon lapin.

Le bonhomme Simon
Est un pauvre tireur, dit-on,
Mais Edmond, son cousin,
Est réputé pour un malin.
Dans le même bois
Ils vont quelquefois,
Et voilà comment,
Grâce à son parent,
Simon, un beau matin,
Eut un lièvre au lieu d'un lapin.

Si le ciel généreux
Permet que je devienne vieux,
Lorsque le poids des ans
Aura fait mes cheveux tout blancs,
Dans un gai réduit
Je voudrais sans bruit,
Chassant à loisir,
Mais de souvenir,
Couler des jours sereins
Au milieu de tous mes lapins.

Un jour j'aurai le tort,
Comme Grégoire, d'être mort ;
Mais le cas est prévu,
Que me fait ? Si j'ai bien vécu.
L'espérance au cœur,
Sous l'œil du Seigneur,
De mes chers élus
Sans cesse aux affuts,
J'irai soir et matin,
Attendre mes petits lapins.

JEANNETON

Rondeau sur bouts rimés

Dans la prairie, hanneton !
C'est l'heure du vol, Jeanneton
Que j'attends, prudemment s'approche,
Se couvrant de la vieille roche
Et dévidant son peloton ;
Auprès d'elle est son chien Triton,
Le fameux gardeur de mouton,
Avec qui jamais loup n'est proche
    Dans la prairie.

Que m'emporte le vieux Pluton,
En son plus infernal canton,
S'il survenait quelque anicroche !
Car de ma belle, sans reproche,
Ce soir je prendrai le menton
    Dans la prairie.

VERTIGES

Adieu! Adieu! my native shore
Fades o'er the waters blue,
The night winds sigh, the breakers roar,
And shrieks the wild sea mew.
(BYRON-CHILD-HAROLD

Adieu toujours! Adieu, mon beau natal rivage,
Aux sommets de l'eau bleue évanoui! Le vent
Au brisant qui rugit, de la mauve sauvage,
Porte dans ses soupirs, la nuit, le cri strident.
(C. G.)

Le ciel était si bleu, l'air si pur, le soleil
Flambait si glorieux dans l'espace vermeil!
Partout la fleur ouvrait sa corolle joyeuse
Parmi les gazons verts, et la bande rieuse
Des zéphyrs printaniers, diligents, amoureux,
Sur les prés scintillants et dans les bois ombreux,
Buvait de longs baisers à sa lèvre embaumée,
Tandis que, frissonnant, la coquette charmée,
Cachant sa bouche rose et l'offrant tour à tour,
Se cambrait sur sa tige et se pâmait d'amour.

Aux flancs du roc moussu, que la vigne escalade,
Le torrent suspendait sa neigeuse cascade,
Le lion de l'hiver, oubliant son courroux,
Sommeillait indolent sur son lit de cailloux,
Jaseurs; au lac profond l'alerte brigantine,
Livrant les blancs flocons de sa voile latine
A la brise, creusait un sillon argenté,
Les oiseaux s'envolaient chantant la liberté,
Et, dans l'azur sans fin, la légère alouette
S'élevait gazouillant sa claire chansonnette.
Moi, je suivais heureux le verdoyant chemin,
L'Espérance et la Foi, me tenant par la main,
Me conduisaient, j'allais sans compter la distance;
La route était si belle, et du ciel la clémence
Paraissait ne devoir jamais se démentir,
Puis, lorsque je sentais mon pas s'appesantir,
Lorsque la nuit sereine étendait ses longs voiles,
Qu'un beau jour me laissait un amical adieu,
Je m'endormais dans l'herbe, au milieu des étoiles,
Oublieux de la terre et souriant à Dieu.

A ce début si beau la fin fut bien sévère!
L'éclair brûla la nue et les cris du tonnerre,

Cent fois répercutés par les échos des monts,
Bondirent mugissant en grondements profonds ;
L'aquilon secoua la forêt séculaire,
Et sous ses coups pressés, tordu par sa colère,
Jonchant le sol meurtri de son bois calciné,
Le chêne se coucha, géant déraciné.
Puis, l'orage assouvi, râlant sous sa démence,
Epuisa, pantelant, ses suprêmes efforts,
A l'horrible fracas succéda le silence,
Et je me trouvai seul au milieu des grands morts.
D'aller encor plus loin j'avais peur, en arrière
J'eus voulu revenir, invincible barrière,
Sous mes pas hésitants, un précipice nu
S'ouvrait béant, l'abîme insondable, inconnu,
Du retour à jamais me fermait l'espérance.
Quand mon cœur anxieux, franchissant la distance,
Vers les trésors perdus s'élançait gémissant,
A l'horizon brumeux, toujours s'amoindrissant,
S'effaçait lentement, dans un brouillard d'opale,
Du temps déjà passé la silhouette pâle !
Ce que j'avais chéri n'était que souvenir.
Beaux jours de la jeunesse adieu ! Vers l'avenir
Il me fallait marcher. Pour me guider sans doute,
Une femme voilée apparut sur la route,

Immobile, impassible, et le bras étendu ;
Et lorsque j'approchai : Je t'avais attendu,
Dit-elle, vas tout droit ! Quel parti que l'on prenne,
Vers le point du départ chaque pas vous ramène ;
Obéis sans chercher et, dans la main du sort,
Ton cœur s'affermira plus vaillant et plus fort,
Si tu ne doutes pas ; la lutte est inutile,
La véritable force est d'accepter docile
Ce que la Providence a décidé de toi ;
L'Espérance est faillible, infaillible est la Foi !
J'ai dit, vas maintenant, après chaque journée,
Tu me retrouveras , je suis ta destinée.

Courbant un front soumis, je partis chancelant,
Le ciel encor troublé de son reflet sanglant
Lugubre, rougissait les ombres de la route
Fuyant, sans horizon, sous la sinistre voûte.
Par degrés, cependant, le calme renaissait,
Et bientôt j'oubliai, le cœur est ainsi fait,
Qu'il ne faut pas pour lui de douleur éternelle,
Afin de laisser place à la douleur nouvelle.
Pour qu'il soit mieux souffert, le mal est ménagé ,
D'ailleurs, autour de moi, la scène avait changé. —

Si loin qu'allaient mes yeux, dans une immense plaine,
Je voyais s'agiter la fourmilière humaine,
Et j'écoutais, surpris, le long bourdonnement
De ce chaos vivant, sans cesse en mouvement.
D'un côté du chemin, la nature parée
Se couvrait des épis d'une moisson dorée,
De fleurs aux doux parfums et de fruits savoureux ;
La source jaillissait claire, les amoureux
S'en allaient enlacés, puis des troupes légères
D'enfants roses et blonds, courant dans les fougères,
Se cherchaient, s'appelaient de mille cris joyeux ;
Les mères souriaient, les vêtements soyeux
Chatoyaient en reflets brillants sous la lumière.
Mais, de l'autre côté, la stérile poussière
Couvrait le sol tout nu de son triste manteau ;
Mirage décevant, de rares flaques d'eau
Visqueuse le tachaient de leur fange gluante ;
Une foule pressée, anxieuse, haletante,
S'y traînait sans repos, chaque visage humain
Trahissait dans ses plis l'angoisse de la faim.
Là, pas de gais propos, de paroles rieuses,
Pas de couples enlacés ; des faces envieuses,
Des grincements, des pleurs, des cris de désespoir ;
La misère et le froid ! Les enfants, au corps noir,

Se vautrant, se frappant en leur rage profonde,
S'arrachaient des lambeaux de nourriture immonde.
Sombre, désespéré, plié sous la torpeur,
L'homme fouillait en vain le sol dur et trompeur,
Tandis que, sans regard, les mères amaigries
Cachaient sous les haillons leurs mamelles taries.
Vers le bord opposé tous étendaient les bras,
Suppliant, maudissant; mais Dieu n'entendait pas !
Et pourtant, tout ce monde, heureux ou misérable,
S'en allait entraîné par un destin semblable,
Et tous, en arrivant au rendez-vous certain,
Semblaient se reconnaître et se donnaient la main.
Je marchais avec eux sans but et sans pensée,
Suivant inconscient cette ligne tracée
Dont la pente rapide allait toujours baissant,
Et je voyais, au bout, sur le talus glissant,
Ceux qui passaient devant tomber et disparaître,
La terre sous leurs pas manquait ; la voix du maître
Me criait : Vas toujours ! Et quand je fus tout près,
Je me sentis descendre en un bois de cyprès,
Roulant à l'infini sa noire chevelure ;
Pas un souffle dans l'air, en bas, pas un murmure,
Tout semblait endormi dans la rigidité,
Le silence, la nuit et l'immobilité.

Se détachant alors des ombres d'une allée,
Le spectre surgissant de la femme voilée
Près de moi tout-à-coup se dressa de nouveau ;
Sa main, aux doigts blanchis, soutenait un flambeau
Qu'elle agitait parfois, et, à chaque secousse,
La flamme s'avivant jetait sa lueur rousse
Sur ces horribles lieux de terreur assouvis ;
Son geste m'ordonna de marcher, je suivis.

Elle me conduisit à travers les dédales
D'invisibles sentiers, seules de blanches dalles
De leurs débris épars indiquaient le chemin.
Nous allâmes longtemps silencieux, enfin,
A l'un des carrefours du sombre labyrinthe
Mon guide s'arrêta, la torche s'est éteinte,
Une pâle clarté tombe du ciel blafard.
La femme se pencha lentement, mon regard,
Suivant son mouvement, distingua l'ouverture
D'un antre souterrain, humaine sépulture.
Le rayon s'arrêta sur un bloc incliné
Entre les bras moisis d'un pin déraciné ;
Je lus les noms chéris, gravés sur cette pierre,
D'un père, d'un enfant, et je fis ma prière,

A deux genoux tombé, car je compris, au froid
Qui me gagnait, que l'heure avait sonné pour moi ;
Et, lorsque j'eus prié, sous la dalle secrète
Je me couchai soumis dans la demeure prête.
Le blanc fantôme alors, courbé vers le caveau,
Pour la première fois écarta le bandeau
Qui me cachait ses traits ; que je la trouvai belle,
Cette ombre qui tremblait ! Car je revis en elle,
Ainsi qu'en un miroir, le reflet animé
De tout ce qu'ici-bas mon cœur avait aimé ;
Chers et bons souvenirs, qu'à l'heure où l'on succombe,
L'âme reconnaissante évoque, sur la tombe.
Elle fixait sur moi ses yeux tristes et doux,
Je voulais l'arrêter !... Dans la feuille des houx,
Sa forme reculait et se perdait glacée,
Transparente vapeur, déjà presque effacée ;
Et, comme elle montait légère vers les cieux,
Sa lèvre s'entr'ouvrit aux suprêmes adieux :
Qu'il soit fait, me dit-elle, ainsi que tu l'espères !
Et je sentis tomber sur moi les lourdes terres.

Mes yeux s'étaient fermés pour le dernier repos,
Engourdi par le froid, qui raidissait mes os,

Mon cœur dans ma poitrine avait cessé de battre,
Je perdis connaissance, et dans la main d'albâtre
De la mort, tout en moi sembla s'anéantir.
Combien de temps restai-je ainsi?... Je crus sentir
Comme un faible soupir effleurer mon visage,
La voûte me parut s'entr'ouvir, le nuage,
Qui m'opprimait obscur et lourd, se dissipait
En bleuâtre vapeur et, fondant, s'échappait
Par le dôme écarté; puis, de la masse inerte
Moi-même soulevé, quittant ma tombe ouverte,
Avec cette vapeur je montais, élément
Impalpable et léger qu'emportait aisément
Un souffle de l'éther, parmi des étincelles
Qui pleuvaient en flocons lumineux; les parcelles
De feu m'enveloppaient et, chassant la pâleur,
Faisaient renaître en moi la force et la chaleur.
Le zénith s'irisa de reflets de topaze,
Et mon être charmé s'abima dans l'extase,
Lorsque, tout inondé des clartés d'un ciel pur,
Je me sentis flotter dans un immense azur.
Empourpré des rayons d'une splendeur vermeille,
Je m'élevais toujours; voici qu'à mon oreille,
Et comme reprenant le dernier entretien,
L'harmonieuse voix de mon ange gardien

Chuchota doucement : Oui, c'est moi, disait-elle,
Je t'attendais encor, je t'aime, je suis belle !
Et Dieu bon m'a placée en l'immortel séjour,
Pour enivrer ton cœur de l'éternel amour ;
Car, libre de la chair et trinité charmante,
Je puis être à la fois mère, fille et amante !
Et moi je l'écoutais avec ravissement,
Et mon cœur débordait à l'éblouissement
De toutes ces beautés, radieuse merveille
Qui me berçait ; pourquoi faut-il donc qu'on s'éveille ?
Le bonheur sera-t-il toujours un songe vain,
Mirage sans repos, rêve sans lendemain ?
Car ce n'était qu'un rêve hélas ! Dont le mystère
Trop vite évanoui me laissait sur la terre,
Encor tout palpitant, la froide vérité
Me rejetait vivant à la réalité.
Il faut t'abandonner, mon beau poème épique,
Car tu n'es déjà plus, et ton miroir magique,
Si sombre et si brillant, s'est éteint sans retour,
Avec l'étoile au ciel, alors que vint le jour.
Ainsi tu m'as quitté ma jeunesse si belle,
Et lorsque je poursuis l'ombre de mes vingt ans,
Je trouve réflétés par la glace cruelle
Mon front chargé de ride et mes cheveux tout blancs.

FATHMÉ

(Triolets)

———

D'Ismaïl, le fameux pacha,
Je brûlais de voir l'odalisque ;
Un noir Eunuque me cacha
D'Ismaïl, le fameux pacha.
Fathmé dansait la cachucha,
Le plaisir valait bien le risque.
D'Ismaïl, le fameux pacha,
Je brûlais de voir l'odalisque.

Bien plus fort que Cadet Roussel,
Le fier seigneur portait trois queues ;
Pour contempler ce grand mortel,
Bien plus fort que Cadet Roussel,
Avec ses cheveux poivre et sel,
Ses vassaux venaient de cent lieues.
Bien plus fort que Cadet Roussel,
Le fier seigneur portait trois queues,

Au fond des jardins du sérail,
Dans un bassin en mosaïque
D'onix, et d'or, et de corail,
Au fond des jardins du sérail,
Se versait, liquide éventail,
Des jets d'eau la nappe magique,
Au fond des jardins du sérail,
Dans un bassin en mosaïque.

Dans l'ombre des arbres en fleurs,
Des oiseaux, au brillant plumage,
Des jets d'eau becquetaient les pleurs,
Dans l'ombre des arbres en fleurs,
Diamants aux mille couleurs ;
On entendait le caquetage,
Dans l'ombre des arbres en fleurs,
Des oiseaux au brillant plumage.

A peine étais-je en mon réduit,
Que je vois entrer la négresse,
Qui près du maître la conduit,
A peine étais-je en mon réduit ;
Aussitôt il se fait grand bruit
De cris et de chants d'allégresse ;

A peine étais-je en mon réduit,
Que je vois entrer la négresse.

Un muet, fort musicien,
Prend sa place sur une estrade ;
C'était, en tout honneur et bien,
Un muet fort musicien,
N'y voyant absolument rien,
Étant aveugle de son grade ;
Un muet fort musicien,
Prend sa place sur une estrade.

Aussitôt il bat du tambour,
C'était son instrument unique.
Des pieds et des mains tour à tour,
Aussitôt il bat du tambour,
Tapant sur la peau comme un sourd,
Et tirant un son drôlatique ;
Aussitôt il bat du tambour,
C'était son instrument unique.

La belle, en ses atours légers,
Était couleur de pain d'épice ;
Moi j'admirais, non sans dangers,
La belle en ses atours légers.

Me glissant sous les orangers,
D'où j'épiais l'instant propice ;
La belle en ses atours légers,
Était couleur de pain d'épice.

Comme sculpté par le burin
Dans le bronze, ou le marbre antique,
Se dessinait, vivant écrin,
Comme sculpté par le burin,
De son corps, taillé dans l'airain,
Le contour pur et magnifique,
Comme sculpté par le burin
Dans le bronze ou le marbre antique.

Par quelques gestes onduleux
Elle commença la cadence,
Puis son pas devint fabuleux
Par quelques gestes onduleux ;
Le pacha riait et ses yeux
Ne s'écartaient pas de la danse ;
Par quelques gestes onduleux
Elle commença la cadence.

Quand la divine eut bien dansé,
Elle fit une cigarette ;

Son corps doucement balancé,
Quand la divine eut bien dansé,
Se cambrait vers le fiancé,
Comme pour lui compter fleurette ;
Quand la divine eut bien dansé,
Elle fit une cigarette.

De sa lèvre, au ton carminé,
S'envolait un léger nuage,
Lui s'amusait, vous devinez,
De sa lèvre au ton carminé,
Qui le parfumait à plein nez,
Lui soufflant tout en plein visage ;
De sa lèvre au ton carminé
S'envolait un léger nuage.

De ses cheveux, noirs et soyeux,
Elle défit la longue tresse ;
Le seigneur s'inonda, joyeux,
De ses cheveux noirs et soyeux ;
Plus il devenait radieux,
Plus je me sentais en détresse ;
De ses cheveux, noirs et soyeux,
Elle défit sa longue tresse,

Avec un sourire enivrant
Elle dénoua sa ceinture ;
Le pacha devint délirant
Avec un sourire enivrant ;
Un long voile tomba, Dieu grand !
Je me sentais à la torture ;
Avec un sourire enivrant
Elle dénoua sa ceinture.

D'Ismaïl, le fameux pacha,
Je n'irai plus voir l'odalisque,
Je n'eus rien de ce que toucha
Ismail, le fameux pacha,
Et voir danser la cachucha
Est parfois un bien trop gros risque ;
D'Ismaïl, le fameux pacha,
Je n'irai plus voir l'odalisque.

GEORGES GODDE

LES FUGITIFS

(Léon Glaize, pinxit)

Sous les astres versant leur clarté dans les nues,
Les groupes d'affidés veillent sur les remparts.
Lents et rasant le sol comme des léopards,
Ils glissent à pas sourds, le long des avenues.

Des cordes, dans les joints des pierres maintenues,
Offrent leur appui frêle aux périlleux départs.
Le signal est donné. Fiers, indomptés, épars,
Les guerriers, les enfants, les femmes demi-nues

Pendent. Un coin du ciel s'azure et leur sourit,
Et tandis que chacun emporte en son esprit
Ses regrets, ses espoirs de vengeance et ses haines,

Noirs derrière eux, pareils à des monceaux de nuit,
Dans l'espace blafard où meurt le dernier bruit,
S'allongent les grands murs silencieux d'Athènes.

COMPENSATION

L'admirable aventure et le maudit cheval !
Mon bras foulé me donne un air de carnava
Et j'ai peine à tenir, ma gaucherie est telle,
Vos doigts que mon baiser cherche sous la dentelle,
Madame. — Un vieux dix cors attaqué brillamment
Malgré nos chiens, malgré tout notre acharnement,
Nous échappait; sans doute à l'aide de la fée
Qui dora cette boucle en soie ébouriffée
Dont je suis le très-humble et dévoué sujet —
La bête sur ses fins, haletante, chargeait;
Un hallali joyeux, célébrait son martyre —
Ne vous irritez pas surtout, je me retire,
L'amoureux oubliait son rôle de blessé —
Je pique mon cheval, je rencontre un fossé,
Je tombe, un des veneurs me relève et m'emporte,
Ma fortune le guide, il frappe à votre porte.
Vos lèvres trahiraient leur sourire si doux
En se jouant de qui supplie, et, grâce à vous,
Le drame commencé devient un gai poëme. —
Je suis à vos genoux, aimez-moi, je vous aime !

CLOCHETTES

J'ai pour compagnons des grelots d'argent
Sonores, coquets, légers, dont la joie
Lutine avec son tapage engageant
Les rêves boudeurs d'un pierrot de soie.

Les grelots d'argent caquettent ainsi
Que le frais babil de deux lèvres roses,
Ou qu'un rire clair vierge de souci.
Pierrot sent fleurir ses mines moroses.

Mais les souvenirs, au bruit des grelots
D'argent, ont quitté leurs mille retraites
Et dansent les plus effrénés galops.
Pierrot voit sauter l'essaim des pierrettes.

Alors les grelots redoublent d'entrain,
Les gais souvenirs narguent les pensées,
Et tous, affolant le pierrot chagrin,
Sonnent les amours des heures passées.

RONDEAU

La nuit descend pâle sur la colline
Et les follets dansent près du moutier ;
Dans un brouillard vague de mousseline,
Nous cueillerons des rêves au sentier.

Le froid hiver déserte son quartier,
Le soir, avec une langueur féline,
Paraît, s'allonge et rit du jour altier.
La nuit descend pâle sur la colline.

Dans les lointains où le soleil décline
Monte la voix grave du monde entier ;
La reine Mab est sortie en berline
Et les follets dansent près du moutier.

Le bois, jaloux d'orner ton bouquetier,
Parfumera pour toi la fleur câline
Que la péri découpe à son métier
Dans un brouillard vague de mousseline.

Viens, nous suivrons le chemin qui s'incline ;
Là bas, mignonne, où fleurit l'églantier,
Où l'air frémit comme une mandoline,
Nous cueillerons des rêves au sentier.

Un lutin, fils de nonne et de routier,
Se blottira dans la rouge aveline
Pour que ta main le cueille au noisetier,
Et nous dira d'une voix pateline :

       La nuit descend !